O orfanato do fim do mundo

orfanato
do fim do mundo

ORFANATO
ORFANATO

Orfanato
do fim do mundo

O orfanato do fim do mundo

Coralie Saudo
Emna

TRADUÇÃO
ANA CAPERUTO

EDITORA
POSITIVO

No fim do mundo, mas bem lá no fim mesmo, Pepita e Pato, que costumam estar sempre muito alegres, estavam desesperados. Eles descobriram que nunca poderão ter filhos juntos.

– Uma avestruz e um crocodilo não são compatíveis – alguém lhes tinha dito...

Mas Pepita e Pato se amavam e sonhavam em formar uma família.

Uma tarde, enquanto os dois passeavam, Pato encontrou um ovo. Não havia nenhum ninho nas redondezas... Então, Pepita o recolheu com delicadeza e o colocou debaixo de sua asa, um lugar quentinho. Os dois tinham tido a mesma ideia: eles fariam de tudo para salvar a vida do pequeno órfão escondido nesse ovo.

Nos dias que se seguiram, enquanto Pepita chocava o precioso ovo, Pato velava por ela. Eles tentavam imaginar como seria o seu protegido. Seria um crocodilo? Uma avestruz? Eles só saberiam quando o ovo eclodisse.

Depois de algum tempo, a ponta do bico de um pequeno papagaio rompeu a casca do ovo. Pepita e Pato ficaram encantados. Um papai crocodilo, uma mamãe avestruz e um pequeno papagaio: que bom presságio para um mundo cheio de cores e de imaginação. E eles o chamaram Colorido.

Colorido crescia depressa. Seu papai o ensinava a nadar, ou pelo menos a flutuar, e sua mamãe tentava ensiná-lo a voar. O dia a dia deles era cheio de sorrisos e loucos risos.

Sua incrível história se espalhou de bico para orelha. Muitos animais vinham dar-lhes os parabéns ou enviavam-lhes cartas dizendo quanta sorte eles tinham.

CORREIO
CANADA POST · POSTES CANADA
2005 - 01 - 31
ORFANATO
SANTA POST
DEC 25

Uma manhã, ao acordar, Pepita encontrou um embrulho bem perto do ninho. Do lado de fora, estava escrito: "Muuuuuuito frágil". Ela abriu o pacote com todo o cuidado... E descobriu dois ovos, que mais que depressa colocou sob sua asa. Uma mensagem dizia: "Na casa de vocês, estes filhotes estarão em boas patas".

ORFANATO
ORFANATO
ORFANATO
frágil
frágil

ORFANATO
ORFANATO
ORFANATO
ORFANATO
ORFANATO
ORFANATO
ORFANATO

Pepita e Pato tiveram uma longa conversa a respeito desses ovos abandonados... Se tantos animais infelizes lhes escreviam, alguns desesperados por não poderem ter filhotes, outros por não se sentirem capazes de cuidar de seus ovos, bem que podia existir um jeito de deixar todos felizes...

Pepita e Pato tiveram uma ideia. A partir desse dia, eles recolheriam os ovos perdidos, rejeitados, abandonados... Só precisariam chocá-los e dar-lhes amor, até que alguns pais viessem procurá-los.

orfanato
orfanato
APROVADO
orfanato
ORFANATO
frágil
mantenha sec

Pepita e Pato começaram a construir o orfanato do fim do mundo. Colorido os ajudava no que podia. O entusiasmo dos três era contagiante. Os vizinhos tentavam ser úteis trazendo materiais de construção e recolhendo os primeiros ovos... Futuras mamães, que estavam chocando, ofereciam-se para manter os ovos aquecidos.

Orfanato
em construção

A novidade não demorou a se espalhar. Animais do mundo inteiro chegavam ao orfanato para adotar um ou vários ovos "surpresa", dos quais não se podia saber de antemão o que nasceria. Nenhum dos pais se prendia a esse detalhe: que alegria poder dar todo o seu amor a um filhote!

ORFANATO
do fim do mundo

Desde então, Pepita e Pato sempre recebem muita correspondência. São cartas de agradecimento, fotos de família... Mas agora eles devem pensar um pouco mais em si mesmos, pois os irmãozinhos de Colorido acabam de sair dos ovos!

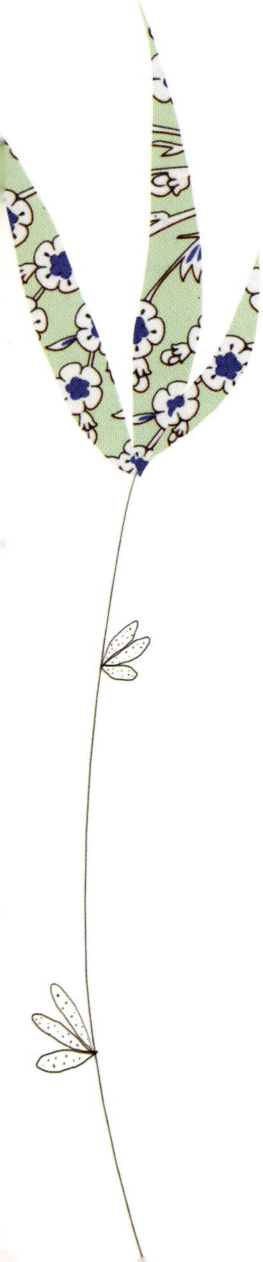

ORFANATO
ORFANATO
ORFANATO
ORFANATO
ORFANATO

Dados Internacionais para Catalogação na Publicação (CIP)
(Maria Teresa A. Gonzati / CRB 9-1584 / Curitiba, PR, Brasil)

S255 Saudo, Coralie.
O orfanato do fim do mundo / Coralie Saudo ; tradução Ana Caperuto ; ilustração Emna. — Curitiba : Positivo, 2015.
32 p. : il.

Título original: *L'Orphelinat du bout du monde*
ISBN 978-85-385-9163-4

1. Literatura infantil . I. Caperuto, Ana. II. Emna. III. Título.

CDU 82.053-2

Gerente Editorial: Júlio Röcker Neto
Gerente de Arte e Iconografia: Cláudio Espósito Godoy
Edição: Cristiane Mateus
Supervisora de Arte: Elvira Fogaça Cilka
Revisão: Luiz Henrique Tobias e Mariana Bordignon
Edição de arte e capa: Fabíola Castellar, Janaina Beltrame, Leonardo Carvalho, Rosangela Cesar de Lima Braga
Engenharia de Produto: Solange Szabelski Druszcz

Rua Major Heitor Guimarães, 174
80440-120 — Curitiba — PR
Site: www.editorapositivo.com.br
Fale com a gente: 0800 723 68 68

Impressão e acabamento:
Gráfica e Editora Posigraf Ltda.

1ª edição
1ª impressão

Impresso no Brasil
1 2 3 4 6 7 8 9 10 11 12

2017